¡coRRe, PeQueño CHASKi!

UNA AVENTuRA eN EL (aMiNo INKA

escrito por *Mariana Llanos*

ilustrado por *Mariana Ruiz Johnson*

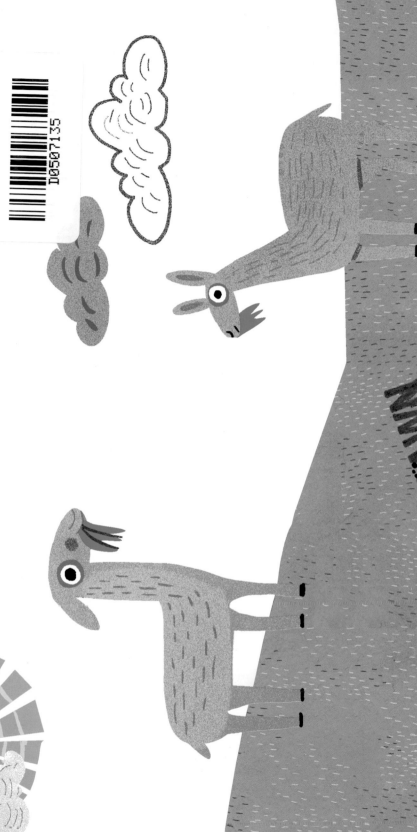

Barefoot Books
Step inside a story

Pequeño Chaski se despierta antes de que Tayta Inti brille en el cielo. Pero tiene un nudo en el estómago. Este es su primer día repartiendo mensajes para el rey Inka. ¿Será un buen mensajero?

—Sé fuerte —le recuerda el valiente Chaski, su hermano mayor.

—Sé veloz —le recuerda el gran Chaski, su padre.

—Sé astuto —le recuerda el sabio Chaski, su abuelo.

Pequeño Chaski recibe su misión de las manos de la misma reina, la Qoya.

—Este khipu es muy importante. Debes llevárselo al Inka antes de que Tayta Inti se oculte tras esas montañas. ¡No te tardes!

—Sí, gran Qoya. No la defraudaré —dice Pequeño Chaski, moviendo las piernas tan rápido como un puma.

En su ch'uspa lleva charki y kamcha para la
merienda. Del hombro cuelga un pututu blanco.
Pequeño Chaski está listo para la larga jornada.

Chakiti, chakiti. Sus sandalias golpean el suelo
mientras corre en el Qhapac Ñan, el Camino Inka,
dejando atrás el palacio de la Qoya.

Corre, corre, Pequeño
Chaski, ¡phaway!

Pero en plena carrera, una chinchilla cruza el camino y ...

¡Plom!

¡Plam!

¡Qué desastre!

Las rodillas de Pequeño Chaski están adoloridas, pero él decide ser fuerte ya que a Chinchilla se le ve peor.

—¿Cómo te sientes, amiguito?

Pequeño Chaski atiende a Chinchilla y luego, de un salto, está de vuelta en su misión.

¡Oh, no! . . . ¡Tayta Inti se ha deslizado hacia el oeste!

—¡Debo avanzar tan rápido como una catarata!
—exclama Pequeño Chaski.

Corre, corre, corre, Pequeño Chaski, ¡phaway!

Pero justo cuando Pequeño Chaski
acelera colina abajo, un aullido
perfora sus oídos. Viene del río.

¡Alalaw!

¡Iiiiik!

¡Un allqu está en problemas!
Pequeño Chaski decide ayudarlo.

Pequeño Chaski lanza su ch'uspa. Allqu la atrapa.

Con un movimiento veloz, Allqu está a salvo.

Allqu tiembla. Pequeño Chaski le acaricia la cabeza y regresa con prisa al camino.

¡Oh, no! . . . Tayta Inti ha dado dos grandes pasos hacia el oeste.

—¡Debo viajar más rápido que el viento!

—exclama Pequeño Chaski.

Corre, corre, Pequeño Chaski, ¡phaway!

Pero algo se mueve en los arbustos al lado del camino . . . ¡Es un cóndor! Con las plumas erizadas, lanza un gruñido. Cóndor está atrapado y asustado.

Pequeño Chaski sabe que debe
ser astuto, así que arroja una piedra para distraer al ave.
Mientras Cóndor mira a un lado, Pequeño Chaski corre
a las ramas, y ¡zas! Cóndor ya está libre.

—Vuela, amiguito —dice Pequeño Chaski a la vez que
corre de vuelta al camino.

¡Oh, no! . . . ¡Tayta Inti está a punto de zambullirse entre las montañas!

—¡Debo volar más rápido que una
estrella fugaz! —exclama Pequeño Chaski.

Corre, corre, Pequeño Chaski, ¡phaway!

Zum, zum
montaña arriba.

Chis, chis cerca de un grupo de vicuñas.

Clac, clac
cruzando
la laguna.

¡Pequeño Chaski ya casi llega! *Chakiti, chakiti* golpean sus sandalias en los escalones. Toma velocidad, y atraviesa el umbral del templo mientras Tayta Inti entierra sus últimos rayos detrás de la montaña.

Pequeño Chaski respira agitado. Luego, empuña su pututu y sopla. Ahora todos saben que llegó.

—¿Qué mensaje me has traído? —pregunta el Inka.

Pequeño Chaski mete la mano en su ch'uspa, pero . . . *chis, chas.* ¡No puede ser! ¡Está vacío!

El Inka da golpes impacientes con el pie. El que lee los khipus frunce el ceño. *Pum, pum* . . .

¡El corazón de Pequeño Chaski late como un tambor!

—¿Dónde está el khipu? —pregunta el Inka enojado.

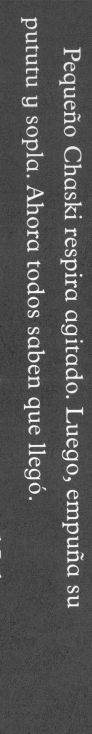

Pero justo cuando las mejillas de
Pequeño Chaski se vuelven del color de
una semilla de huayruro, tres amigos
conocidos surcan las nubes y …

¡Zua!

¡Zum!

El mensaje cae
en las manos de
Pequeño Chaski.

Pequeño Chaski respira aliviado, pero el Inka quiere saber más. Así que Chaski le cuenta la historia de cómo rescató a los animales en su travesía. El Inka escucha y sonríe, mientras que el que lee los khipus examina el mensaje.

El Inka dice:

—Pequeño Chaski, esta era una prueba. Ya eres oficialmente un Chaski del Tawantinsuyu. En tu jornada recordaste ser fuerte, veloz y astuto, pero también fuiste algo aún más importante: bondadoso. Y es por tus acciones que ahora te daré un nuevo nombre: Gran Corazón Chaski.

Todos celebran. Y la sonrisa de Gran Corazón Chaski brilla más fuerte que los rayos del mismísimo Tayta Inti.

Glosario de palabras en quechua:

★ **allqu** *(AL-ku)*:
perro sin pelo nativo de Perú

★ **chaski** *(CHAS-ki)*:
mensajero real durante la
época de los inkas

★ **chinchilla** *(chin-CHI-ya)*:
animal andino parecido al conejo

★ **ch'uspa** *(CHUS-pa)*:
bolso usado en los Andes para llevar
hojas de coca entre otros objetos

★ **cóndor** *(CON-dor)*:
ave de rapiña de los Andes. Es
el ave voladora más grande del
hemisferio occidental

★ **huayruro** *(huay-RU-ro)*:
planta nativa de Perú. Sus semillas
son de un rojo brillante con una
mancha negra

★ **Inka** *(IN-ka)*:
el máximo gobernante del Imperio inka

★ **kamcha** *(KAM-cha)*:
maíz tostado

★ **khipu** *(KI-pu)*:
un sistema de conteo y recolección de
datos hecho de soga y cuerdas con nudos

★ **¡phaway!** *(PA-wai)*:
¡corre!

★ **puma** *(PU-ma)*:
felino de los Andes

★ **pututu** *(pu-TU-tu)*:
instrumento musical hecho de una
concha marina grande que usaban
los chaskis para anunciar su llegada

★ **Qhapaq Ñan** *(KA-pak ÑAN)*:
el Camino Inka, un sistema de caminos

★ **Qoya** *(KO-ya)*:
reina, esposa del Inka

★ **Tayta Inti** *(TAI-ta IN-ti)*:
padre Sol

★ **vicuña** *(vi-KU-ña)*:
animal pariente de llamas y alpacas
que vive también en los Andes

¿Quiénes eran los ínkas?

Los inkas fueron una sociedad que gobernó en la zona de la cordillera de los Andes hasta después de la invasión de los españoles en 1532. Su imperio se llamaba el Tawantinsuyu, que significa Cuatro Regiones. Su capital era la ciudad de Cusco. Los inkas eran hábiles constructores, ingenieros y también guerreros. Sus palacios, templos y otras construcciones siguen impresionando a aquellos que los visitan.

¿Quiénes eran los chaskis?

Los chaskis (o chasquis) eran un sistema de mensajería por relevo. Ellos se encargaban de entregar mensajes, noticias o paquetes por todo el vasto territorio del Tawantinsuyu. Los varones entrenaban desde una edad temprana para ser chaskis. Debían ser fuertes, ya que corrían largas distancias en caminos empinados y difíciles. Los chaskis corrían en el Camino Inka o Qhapaq Ñan, un avanzado sistema de caminos que conectaba el Tawantinsuyu. Si visitas ciertos países en Sudamérica, aún puedes encontrar tramos de estos caminos.

Ilustración de un chaski por Felipe Guamán
Poma de Ayala hecha entre 1600 y 1615

¿Qué llevaban los chaskis?

Una de las cosas que los chaskis transportaban eran los khipus (o quipus). Un khipu era un sistema de conteo y recolección de datos hecho de soga y cuerdas con nudos de diferentes tipos. Los khipus se usaban para mantener registro y memoria de eventos importantes. Solo algunas personas eran capaces de leer estos khipus. Se les llamaba khipukamayuq y eran especialmente educados para este trabajo.

EL IMPERIO INKA

en su máxima expansión, alrededor de 1525 EC

COLOMBIA

ECUADOR

PERÚ

CHILE

BOLIVIA

ARGENTINA

PARAGUAY

URUGUAY

BRASIL

VENEZUELA

GUAYANA FRANCESA

SURINAM

GUYANA

El Imperio inka

También llamado Tawantinsuyu, el Imperio inka fue el más grande de las Américas. El máximo gobernante era el Inka, a quien se le consideraba hijo del dios Sol, Inti. El idioma quechua era su lengua oficial, pero también se hablaban otros idiomas. Los inkas no tenían un idioma escrito. Machupicchu, una hermosa ciudad entre las montañas de los Andes y la cuenca amazónica en Perú, es uno de los sitios más famosos que aún se conservan.

¿Inka o Inca?

Cuando los conquistadores españoles invadieron el Imperio inka, ellos usaron su propio idioma para describir a la gente local. De esta forma, la escritura de las palabras quechua en español se convirtió en la norma. Hoy en día, los idiomas y pensamientos de las comunidades originarias son valorados. En este libro usamos la palabra Inka en quechua, aunque la palabra en español, Inca, aún es comúnmente usada.

El Camino Inka

El Camino Inka o Qhapaq Ñan era usado para asuntos oficiales de gobierno y militares, y quizá para peregrinajes religiosos. Dos largos caminos corrían de norte a sur cerca a la costa y entre las montañas, con varios otros caminos que los cruzaban e interconectaban.

Partes del camino incluían túneles y varios puentes colgantes. Los caminos también tenían estaciones de descanso en diferentes puntos.

Animales de América del Sur

Cóndor

El cóndor es un ave de rapiña, y una de las aves voladoras más grandes del mundo. ¡Sus alas pueden llegar a tener la extensión de un automóvil pequeño!

Allqu

El allqu es el perro sin pelo peruano. Algunas personas creen que tiene poderes sanadores. Ha sido una mascota popular desde tiempos preincaicos.

Chinchilla

La chinchilla es un roedor de los Andes. Tienen un manto muy suave y orejas redondeadas.

Desde que era niña, en Perú, me sentía orgullosa de la historia de nuestro Imperio inka y de las importantes culturas preincaicas. Los inkas lograron mucho en poco tiempo. En lugar de destruir la cultura de los lugares conquistados, los inkas aprendían de ellos. Construyeron maravillosos edificios sin la ayuda de la rueda o herramientas de hierro. Me fascina la forma en la que respetaban a la naturaleza, construyendo en armonía con el paisaje. Espero que este libro inspire a los lectores a aprender más sobre el imperio más grande del continente americano.

— Mariana Llanos

Cuando tenía dieciocho años, explore Perú y Bolivia en bus con dos amistades. Escalamos y acampamos en la ruta del Camino Inka hasta llegar a Machupicchu. Quedé maravillada por el paisaje y la cultura. He disfrutado el sumergirme nuevamente en la cultura inka para crear las ilustraciones de este libro. Para inspirarme miré fotografías de mis muchos viajes, y de artesanías peruanas como cerámicas, textiles, retablos y orfebrería.

— Mariana Ruiz Johnson

Barefoot Books
Bradford Mill, 23 Bradford Street
West Concord, MA 01742

Derechos de autor del texto © 2021 de Mariana Llanos
Derechos de autor de las ilustraciones © 2021
de Mariana Ruiz Johnson
Se hacen valer los derechos morales de
Mariana Llanos y de Mariana Ruiz Johnson

Publicado por primera vez en los Estados Unidos
de América por Barefoot Books, Inc en 2021
Todos los derechos reservados

Diseño gráfico por Elizabeth Jayasekera, Barefoot Books
Edición y dirección de arte por Kate DePalma, Barefoot Books
Texto en español escrito por la autora

Reproducción de Bright Arts, Hong Kong
Impreso en China en papel 100% libre de ácido
La composición tipográfica se realizó en
Amigo y Plantin MT Schoolbook
Las ilustraciones se realizaron utilizando medios
mixtos combinados con técnicas digitales

Edición de tapa dura en español ISBN 978-1-64686-271-9
Edición en rústica en español ISBN 978-1-64686-217-7

La Información de la catalogación de la
Biblioteca del Congreso para la edición en inglés
se encuentra en LCCN 202951322

1 3 5 7 9 8 6 4 2